Herbert Rosendorfer / Kay Voigtmann

Der Gnadenbrotbäcker
Das Bilderbuch der Unberufe

FolioVerlag
Wien | Bozen

Herbert Rosendorfer/ Kay Voigtmann

Der Gnadenbrotbäcker

Das Bilderbuch der Unberufe

Transfer LXXXIX

Die Drucklegung erfolgte mit Unterstützung
– durch die Abteilung für deutsche Kultur in der Südtiroler
Landesregierung über den Südtiroler Künstlerbund;

– durch die Autonome Region Trentino-Südtirol.

Graphische Gestaltung: Dall'O & Freunde
Druckvorbereitung: Graphic Line, Bozen
Printed in Austria

ISBN 978-3-85256-475-3

www.folioverlag.com

Inhalt

I
Der Gnadenbrotbäcker

Er hieß Eberwulf und war am Tag des Prager Fenstersturzes geboren, allerdings eineinhalb Jahrhunderte später und nicht in Prag, sondern in Hackpfüffel in Thüringen. Mit Familiennamen hieß er Ledderhosser. Als ihn mit vierzehn Jahren sein Ziehvater, ein Schuster namens Treuhardt, er stammte aus Undorf im Fränkischen, zu einem anderen Schuster in die Lehre geben wollte, lachte sich dieser einen Leistenbruch, als er den Namen des künftigen Lehrlings hörte: „Eberwulf Ledderhosser? und noch dazu aus Hackpfüffel?!", wurde daraufhin schwermütig, trat der Sekte der Sozinianer bei und weigerte sich von da an, linke Schuhe anzufertigen, fertigte nur noch rechte. Die wenigen Beinamputierten aus der Gegend um Undorf im Fränkischen kauften zwar ihren einen Schuh bei Meister Treuhardt, aber davon wurde der nicht fett, zumal in Undorf und Umgebung rätselhafterweise fast nur Einbeinige lebten, denen der rechte Fuß fehlte, sohin als Kunden Treuhardts nicht in Frage kamen.

So lernte der junge Eberwulf nichts außer rechte Schuhe zu fertigen. Er ging auf die damals übliche Wanderschaft der Handwerksgesellen in der Hoffnung, daß er einen Berufskollegen fände, der nur linke Schuhe machen kann. Er fand keinen. Ganz verzweifelt saß er eines Tages in Grasbrunn in Bayern, das man damals noch mit i schrieb: Baiern. Es regnete, und überhaupt war alles trostlos, da trat eine alte Frau zu ihm und fragte ihn, warum er gar so traurig sei.

„Weil ich Eberwulf heiße, und daher keinen Namenstag habe, oder kennt Ihr, gute Frau, einen heiligen Eberwulf?"

„Was für ein bedauernswürdiges Geschick", sagte die Alte, „aber was ist das gegen meines!"

„Habt ihr auch einen so vermaledeiten Vornamen?"

„Aber nein", sagte die Alte, „ich heiße Maria, und ich habe Namenstage, salva Maria, zum Saufüttern. Ich war die Leichenhemdschneiderin von Grasbrunn. Ich habe die Leichenhemden nach Maß genäht. Beste Qualität, hält eine Ewigkeit. Aber jetzt lassen alle die Leichenhemden aus der Stadt kommen, und ich bin arbeitslos. Freilich hat der Bürgermeister mich aus Dankbarkeit für meine Dienste, und weil ich seine Muhme bin, auf 's Gnadenbrot gesetzt. Aber woher das Gnadenbrot nehmen? Was ist ein Gnadenbrot? Wie sieht es aus?"

Da blitzte in Eberwulf die Idee auf, wie ein Gnadenbrot aussieht, und er wurde Gnadenbrotbäcker und eröffnete in Grasbrunn in Baiern eine Gnadenbrotbäckerei, und bald wurde sie weitum berühmt, und selbst die kurfürstliche Hofkammer ließ später bei ihm das Gnadenbrot für die ausgedienten Lakaien und Pferdeknechte backen, und als Eberwulf, ein gesegnetes Alter erreicht, starb, konnte auf seinen Grabstein „Churf. bair. Hof-Gnadenbrotbäcker" gemeißelt werden.

II
Der Blasengel

Christian Montag wachte in der Nacht vom 6. auf 7. Juni 1969 – Dienstag auf Mittwoch – gegen vier Uhr auf. Er wachte nicht eigentlich nur auf, er schreckte förmlich auf, fand sich aufrecht im Bett sitzend vor, schweißgebadet und gleichzeitig frierend. Da die kürzeste Nacht des Jahres, wie man sich angesichts des Datums ausrechnen kann, nahe bevorstand, war es um diese Nachtzeit schon fast hell. Einige Vögel sangen, was Christian Montag allerdings in seinem Schreck nicht registrierte.

Er schaute auf die Uhr. Sie war stehengeblieben. Er schaute auf die andere Uhr, sie zeigte, wie der Leser schon weiß, was Christian Montag aber jetzt erst erfuhr: vier Uhr. Genauer gesagt: vier Uhr, zwei Minuten und einige Sekunden. Christian Montag hatte stets zwei Uhren auf seinem Stuhl liegen, der anstatt eines Nachtkästchens neben seinem Bett stand: einen Wecker und eine Armbanduhr. Zwei Uhren also, für den Fall, daß eine stehen bliebe. Eine weise Voraussicht, wie eben dies hier in der Nacht vom 6. auf 7. Juni 1969 zeigte.

Christian Montag schaute nochmals auf die Uhr. Es war inzwischen vier Uhr vier Minuten. Christian Montag war erleichtert. Eine Wahrsagerin hatte ihm vor etwa acht Jahren prophezeit, daß er um vier Uhr sterben werde. Tag und Jahr freilich konnte die Wahrsagerin nicht angeben. Montag war beruhigt, daß der gefährliche Zeitpunkt vorüber war. Bis nachmittags um vier Uhr war er also sicher. (Die Wahrsagerin hatte auch nicht angeben können, ob vier Uhr früh

oder vier Uhr nachmittags, also sechzehn Uhr, die entscheidende Stunde sei. Alles könne sie nicht wissen, brummte sie verärgert, damals.)

Doch dann schreckte Montag neuerlich auf: vier Uhr war vorüber – *war* er gestorben? Er wagte nicht, seine Frau zu wecken, die neben ihm im Bett lag, um sie zu fragen, ob er tot sei, und er kam nach einiger Zeit zu der Ansicht, daß er noch lebe. Warum aber war er aufgeschreckt? Er stieg leise aus dem Bett und ging ins Wohnzimmer. Dort schaute er wieder auf die Uhr. Es war inzwischen drei Uhr achtundfünfzig. Montag stutzte. War er doch tot? läuft die Zeit für die Toten rückwärts ab? Ein Gedanke, den er noch nirgendwo gehört oder gelesen hatte, der ihm aber nicht unlogisch erschien. Da bemerkte er aber, daß die Wanduhr im Wohnzimmer nur stehengeblieben war. Er zog sie auf und überzeugte sich im Flur anhand der dort aufgehängten Schwarzwälderuhr (deren Kuckuck-Läutwerk allerdings für die Nacht abgestellt war), daß es vier Uhr elf war, die Zeit also ordentlich linear fortschritt.

Aber aus der Schublade des Garderobe-Schränkchens glaubte Montag ein Pochen zu vernehmen. Montag näherte sich vorsichtig dem Schränkchen, legte die Hand darauf: tatsächlich ein Pochen. Unter Überwindung einiger Bedenken öffnete Montag die Schublade. Es lagen darin: ein Paar Handschuhe. Diese pochten nicht. Ein einzelner Handschuh. Auch dieser pochte nicht. Eine große Anzahl von Frau Montag gesammelter Rabattmarken, verschiedene Schlüssel, ein großer und ein kleiner Schraubenzieher, ein Rosenkranz aus getrockneten Erbsen, die aus dem päpstlichen Garten von Castel Gandolfo stammten und Montag im Heiligen Jahr 1950 von seinem Vetter Gerold Gsundmaier von dessen Wallfahrt mitgebracht worden war. Montag war evangelisch, dennoch hob er den Rosenkranz auf. Auch dieser und verschiedene andere Gegenstände, deren Aufzählung hier zu weit führte, pochten nicht, wohl aber der ebenfalls in der Schublade befindliche Reisepaß Montags.

Montag nahm ihn vorsichtig in die Hand. Der Reisepaß pochte stärker, so als wolle er sagen: „Öffne mich!" Er öffnete ihn. Was sah er? Leicht phosphoreszierend stand in einer dafür vorgesehenen

Zeile statt des bisher dort vermerkten Berufes: *Kaufmännischer Angestellter* als Beruf: *Blasengel*.

Es war Montag, der daraufhin beruhigt wieder ins Bett ging, nicht möglich, trotz aller Nachfragen, zu erfahren, was ein *Blasengel* zu tun hat. Blasen – ja. Aber was? und wo? und womit? Nur so oder mit Flöte oder Trompete? Oder war eher der Begriff *Blase* damit gemeint? Im urologischen oder im Sinn von *sich eine Blase gelaufen haben*? Es blieb Montag nichts anderes übrig, denn als berufsmäßiger Blasengel weiterzuleben. Er starb an einem 24. Mai gegen siebzehn Uhr.

III
Der Schächer

Die Nachricht von der Seeschlacht bei Trafalgar hatte die Stadt Neuburg an der Donau noch nicht erreicht, als dort dem örtlichen Apotheker Besenklatten, mit Vornamen Samuel, ein Sohn geboren wurde. Es war das erste Kind, das den Eheleuten Besenklatten geboren wurde und sollte das letzte bleiben. Frau Besenklatten wurde in der Schwangerschaft dick wie eine Montgolfière (von welchen Luftungetümen man damals viel redete, was aber wohl mit der Aufblähung Frau Besenklattens, geborener Straßbügler, Vorname Albertine, nichts zu tun hatte), und nach der Geburt aber sogleich so dünn, als ob nicht nur das Neugeborene ihren Leib verlassen, als ob auch sämtliche Luft daraus entwichen wäre. Magister Besenklatten war so abgestoßen von dem lebenden Gerippe, daß kein Geschlechtsverkehr mehr stattfand, und somit keine weiteren Nachkommen entstehen konnten.

Ob Herr Magister Besenklatten sich extraehelich vergnügte und eventuell Bastarde in die Welt setzte, ist nicht überliefert. Wenn ja, dann nicht in Neuburg an der Donau, sondern auswärts, denn ein Apotheker muß, wie man weiß, auf seine Reputation achten. Wer kauft ein Abführmittel bei einem Hurenbock?

Das Kind Besenklatten, getauft auf den Vornamen Horatio – denn inzwischen war die Nachricht von der Seeschlacht bei Trafalgar auch nach Neuburg an der Donau gelangt –, wuchs heran und gedieh und sollte als der einzige Sohn dereinst die Apotheke über-

nehmen. Aber siehe da: Im Alter von fünfzehn Jahren erklärte der Jüngling, er wolle Schächer werden, nicht Apotheker.

„Schächer?!" schrie der Vater, „und was wird aus der wohleingerichteten Offizin?!"

„Schächer?!" kreischte die Mutter und schlug ihre klapperdürren Hände über dem Kopf zusammen.

Horatio blieb bei seinem Entschluß.

„Ein Schächer!" sagte der Vater später in ruhigerem Ton, „wie willst du als Schächer fortkommen? Als Apotheker hättest du sicheres Brot. Aber als Schächer ...?"

„Es drängt mich eben einmal zu diesem Berufe", sagte Horatio.

Der Vater seufzte: „Ich hoffe, du willst wenigstens kein linker, sondern ein rechter Schächer werden."

So wurde es denn auch. Zunächst ging Horatio bei einem Schächer in Augsburg in die Lehre, dann auf die Schächerschule in Mannheim und zuletzt auf die Schächerakademie in Berlin, die er mit Auszeichnung als Diplom-Schächer verließ, sich in Chemnitz niederließ und einer der bestverdienenden Schächer des Königreichs Sachsen wurde.

Die Apotheke in Neuburg an der Donau übernahm nach dem Tode Samuel Besenklattens ein junger Pharmazeut aus Dillingen namens Samuel Tropfthürer, der angeblich dem Alten wie aus dem Gesicht geschnitten gewesen sei. Aber das mag Geschwätz gewesen sein.

IV
Der Bettenschänder

Er geht um, er geht um!" hieß es in den düsteren Tagen des *Jährigen Krieges.* „Kinder versteckt euch! Weiber schürzt eure Röcke und lauft! Der Bettenschänder geht um!"

So gellte der Schrei landauf und landab, auch landhin und landher, landüber und landunter, landmehr und landweniger in den grauenvollen Zeiten des *Jährigen Krieges*, die deswegen so besonders grauenvoll waren, weil niemand wußte, wie viele Jahre (sieben? dreißig? hundert?) der Krieg gedauert hat. Nur eins war sicher: der Bettenschänder ging um.

Entsetzlicher Ruf ging ihm voraus, und erst welcher Ruf ihm hinterherging! Der bloße Name ließ den Menschen damals in den sonnenlosen Hungertagen des *Jährigen Krieges* das Blut in den Adern gerinnen. „Der Bettenschänder ist schon in Albewil gesehen worden!" gellte es aus dem Widum, und die Häuserin verkroch sich im Heuboden, wo auch schon der Pfarrer baumstarke Stoßgebete zum Himmel schickte. Der Vorgang führte, dies nebenbei, zu einer bischöflichen Untersuchung, die glimpflich ablief, da die drei Neffen und Nichten des Pfarrers rechtzeitig in eben dem Heuboden versteckt werden konnten.

Aber gegen den Bettenschänder half kein Stoßgebet. Was nicht alles für Mittel ersonnen oder auch nur behauptet wurden, daß sie gegen den Bettenschänder hülfen: mit gekreuzten Fingern auf einem Bein stehen und „Lilie-o-Lalie" zweihundertviermal hersagen. Oder Schnaps mit Honig. Alles Aberglauben. Gegen den Bettenschänder war kein Kraut gewachsen. Davon konnten die Leute von Niederhundem ein Liedlein singen. Was der Bettenschänder damals in Niederhundem trieb, war so ungeheuer, daß die Niederhundemer dieses Liedlein, das seither sogenannte *Niederhundemer Bettenschänderliedlein* bis heute bei jeder passenden sowie unpassenden Gelegenheit singen. Der Musikologe Johann Eläus von Grauw, Professor an der Universität von Schrobenberg, hat es aufgeschrieben und ist sofort danach wahnsinnig geworden. Es heißt, nur ein gebürtiger Niederhundemer kann das Liedlein singen, ohne sofort wahnsinnig zu werden. So entsetzlich ist der Fluch des Bettenschänders.

„Bêtechanteur" heißt er in Frankreich, wo er auch schon gesehen worden ist, „Bettogiando" in Italien, „Bedshander" in England, „Schopenhauer" in Russland.

Es wurde immer schlimmer. Der Bettenschänder tobte über Berg und durch die Täler, verbreitete lähmendes Entsetzen, nichts und niemand war sicher vor ihm. Erst als der Papst sich entschloß, den ersten Bettenschänder, der um die Zeit des Konzils von Maria Enzersdorf lebte, heilig zu sprechen, und die Landesregierung der Oberlausitz ein Berufsbild und eine Ausbildungsverordnung für Bettenschänder erließ, beruhigte er sich und ist seitdem, wie man weiß, ein wertvolles Glied der bürgerlichen Gesellschaft.

V
Der Gauseppl

s gab Zeiten, da war der Beruf des Gauseppls unbekannt. Das kann man sich heutzutage gar nicht mehr vorstellen. Dabei war der Gauseppl (oder Gäuseppl, auch Gäh- oder Jähseppl) schon den alten Ägyptern geläufig, wie aus der Hieroglyphen-Inschrift auf dem Stein von Natters bei Innsbruck ersichtlich ist. Auch heute gibt es in sonst so zurückgebliebenen Gegenden wie Usbekistan oder Neuseeland, wo noch Sitte und Anstand herrschen, selbst auch in den hintersten Tälern der Schweiz keine Gauseppl mehr. Wie das dort ohne sie funktioniert, ist unklar. Irgendwie ... ja, wohl irgendwie funktioniert es ohne einen Gauseppl, man fragt sich nur: wie? Aber, wie gesagt, selbst bei uns ist durch die Völkerwanderung, die Lautverschiebung und die Unterpari-Emission das uralte Wissen um den Beruf des Gauseppl verschüttet worden, und erst als die Laute wieder zurechtgeschoben wurden, zum Teil allerdings leider über die ursprünglichen Aufbewahrungsorte nach hinten hinaus, so von der Laute zur Theorbe, dann zur Gitarre und endlich zum Camcorder wurden, tauchte hie und da wieder ein Gauseppl auf. Sehr rasch verbreitete sich der Beruf, und man erkannte den Wert dessen, was der Gauseppl tat, und man haute sich vor die Stirn und fragte, wie man bis dahin ohne Gauseppl auskommen konnte. In seinen berühmten Tischgesprächen sagte Luther: „Deme Gawsebbl aber verdencken (= verdanke) ich mein gantz translationem Biblia auffs treuwe ..." (Luthers Tischreden, Kritische Ausgabe, Band XVII S. 182, Einbeck 1972 ff.), und in der

Enzyklika „De more Gausepliae" unterstrich Papst Urban IX. die Bedeutung des Berufs des Gauseppls für den Zölibat und ernannte den hl. Vasolinus zum Patron der Gauseppln. Das rief allerdings den Protest der nicht-katholischen Gauseppln hervor, der erst durch Metternichs diplomatisches Geschick mit dem „Kompromiß von Bad Kohlgrub" bereinigt werden konnte.

Auch alle Richtungsstreitigkeiten sind heute längst überwunden. Wer denkt noch an die subjektive, an die objektive, an die semisubjektive, an die pseudoobjektive, an die vermittelnde Gauseppl-Theorie? Das ist Geschichte geworden und berührt heute keinen Gauseppl mehr, wenn er still und behutsam, oft unbeachtet und – leider – nicht selten unbedankt seiner segensreichen Tätigkeit nachgeht.

VI
Gründervater

Er fing naturgemäß als Gründerenkel an, gründete nur kleinere Objekte, etwa das Mausfallenmuseum in Polnisch-Neukirch, das aber leider kurz darauf durch Mißwirtschaft des Kustoden zugrunde ging. Er stieg nach dem Tod seines Großvaters zum Gründersohn auf; als solcher gründete er zunächst eine Fächerreparier-Anstalt in Königsdorf-Jastrzemb, die trotz der Stürme der folgenden Kriege überlebte und heute als einzige ihrer Art immer noch besteht. Wenig später gründete er mithilfe des Fürsten Heinrich LXIII. von Reuß-Köstritz, mittlere Linie, in Botzanowitz das *Forschungsinstitut zur Sichtbarmachung der Luft* (FIZSDL), das erst jüngst für den Nobelpreis vorgeschlagen wurde. Die Bewerbung scheiterte daran, daß die Luft immer noch nicht sichtbar ist.

Der Tod des Vaters ließ ihn dann selber zum Gründervater aufsteigen, und da legte er, wenn der etwas saloppe Ausdruck erlaubt ist, so richtig los. Er gründete, was das Zeug hielt. Er gründete insgesamt siebzehn Griebenpressen, unter anderem in Trebnitz am Katzengebirge, in Schüttenhofen, in Hankensbüttel und in Plaaz am Schmocksberg in Mecklenburg. Letztere Presse allerdings litt darunter, daß der Schmocksberg nur 128 m hoch ist. Da sich der Großherzog Friedrich Franz I. von Mecklenburg-Schwerin weigerte, den Schmocksberg wenigstens um 22 m auf 150 m anheben zu lassen, gründete unser tatkräftiger Gründervater die *Gesellschaft zur Bergerhöhung* (GZB) in Dölitz an der Faulen Ihna. Ganz nebenbei gründete er den *Verein zur Wiederbelebung der Knopfstiefelette* und die Opernfestspiele in Tilsit.

Da ihm inzwischen ein Enkel geboren worden war, stieg er zum Gründergroßvater auf, und er begann nun seine großen Alterswerke zu gründen: das Hotel *Adlon* in Berlin, das Spiel-Casino von Monte Carlo, die Republik Ecuador und die Familie Rothschild. Da sowohl sein Sohn als auch sein Enkel vor ihm starben, blieb ihm nichts anderes übrig als Gründerbruder, nach dem Tod seines einzigen Bruders Gründeronkel und zuletzt, verbittert, muß man leider sagen, Gründercousin zu werden. Als solcher gründete er kurz vor seinem Tod das *Konsortium zur Gründung von Gründungen* (KGG), das heute zu seinen Ehren, wie man weiß, seinen Namen trägt.

VII
Der Holzbischof

ie sakrale Institution des Holzbischofs entstand, etwa gleichzeitig mit der des Leihbischofs, des Wachsbischofs, des Schreibischofs und des Admiralvikars in der Ersten Völkerjause, die die Zweite Völkerwanderung unterbrach und letzten Endes zur Völkerermüdung und zum Völkerbiergarten führte, wo sie bis heute hartnäckig sitzenbleibt. Die Holzbischöfe, die sich bald in eigentliche Holzbischöfe, in Unterholzbischöfe, Brennholzbischöfe, Hartholz-, Weichholz- und Sperrholzbischöfe aufspalteten, begannen sehr bald, noch ehe die Völkerwanderung im Sand, auch im Morast, sogar in Wiesen, Weiden und Asphalt verlief, Kioske aufzustellen, in denen sie Anlässe verkauften. Das Geschäft ging schlecht. Selbst als neben Anlässen auch Zulässe, Nachlässe, Vorlässe, Auflässe u. dgl. angeboten wurden, florierte das Geschäft nicht. Auch die Ausweitung des Sortiments auf Aufläufe brachte nicht den erwünschten Erfolg. Erst als Holzbischof Dionysius von Jochberg zufällig auf einem Speicher des Gasthofes *Hintermoor* einen größeren Posten Ablässe entdeckte, ging es aufwärts.

Holzbischof Dionysius nahm die Ablässe und ritt (die spätere Legende spricht: auf einem gezähmten Wildschwein) nach Rom, wo Papst Formosus III. den Ablässen befahl, sich unaufhaltsam zu vermehren. Zwar stemmte sich sein Gegenpapst Protasius IX. dagegen, sogar mit der Schulter, konnte aber nichts ausrichten. „Da!" rief Formosus III., „da hast du auch ein paar Ablässe und gib jetzt Ruhe." Worauf sich der Gegenpapst seine Gegentiara aufsetzte, sich

Dionysius

schmollend in eine Ecke der Peterskirche zurückzog und einige Bullen erließ, auch Kühe und Ochsen.

Holzbischof Dionysius kehrte nicht nach Jochberg zurück, denn die Ablässe vermehrten sich aufgrund des erwähnten päpstlichen Befehls dermaßen, daß sie dem Holzbischof über den Kopf wuchsen, aufquollen, das zahme Wildschwein erdrückten und endlich einen Weitertransport unmöglich machten. Dionysius entfloh ins Gebirge, weil ihn die Bauern sonst erschlagen hätten, denn ein Teil der Ablässe fiel in den Po, staute ihn auf, und das Wasser überschwemmte die Felder. Die Bauern riefen um Hilfe. Dieser Ruf erreichte den Papst Formosus III., als er mit dem immer noch leicht schmollenden Gegenpapst Protasius IX. beim Gabelfrühstück saß. Er ernannte rasch einen Sonderpapst, Trovasius IV., der die Ablässe in geordnete Bahnen lenkte, den Holzbischof Dionysius zurückrief und somit den Ablaßhandel gewinnbringend organisierte. Leider kann nicht verschwiegen werden, daß Trovasius IV. eine Tonne Ablässe für seine persönlichen Zwecke abzweigte, was dem Papst aber erst später zu Ohren kam und nichts mehr half, denn dann war er schon schwerhörig. „Was?" fragte er, „Abwässer? Abwässer soll er abgezweigt haben? Wozu? Scheint schon senil zu sein." „Nein! nicht Abwässer!" schrie der Protonotar, der die Nachricht überbrachte, „nicht Abwässer, *Ablässe!*" „Abszesse?" sagte der Papst. „Ach was", brummte der Protonotar und ließ den Papst sitzen, der mit offenem Mund dasaß und kopfschüttelnd dem wegeilenden Protonotar nachschaute.

Holzbischof Dionysius war um die Zeit schon auf seinen Ablässen ruhend, sanft entschlafen.

VIII
Der Bewirker

Der Bewirker bewirkt ständig etwas, wie der Name schon sagt. Was der Bewirker bewirkt, ist nicht so wichtig, wichtig allein ist das Bewirken an sich. Zur Zeit des deutschen philosophischen Idealismus hat der gothaische Ersatzdenker Gotthilf Christian Hugel den Begriff des *Bewirk An Sich* entdeckt, und zwar in einer Schublade. Seit Jahren hatte diese Schublade geklemmt, und weil Hugel genug andere Schubladen hatte, fand er es nicht der Mühe wert, sich anzustrengen und jene Schublade mit Gewalt zu öffnen.

Erst als der Idealismus schon ganz leicht ins Bläuliche zu irisieren begann, sagte der eben zum Hilfsdenker ernannte Germaniel Pfant, der Assistent Hugels: „Das wäre doch gelacht!", stemmte seinen Fuß gegen das Möbelstück, riß mit beiden Händen – ein gräßlich knirschendes Geräusch! die Schublade ging auf, und siehe da: darin der lang vermißte, Platon seinerzeit wohlbekannte, im Neo-, dann im Leo-, dann im Geo-Platonismus verschollene *Bewirk An Sich*, lag unbeschädigt in der Schublade und ließ sich mühelos und widerstandslos herausnehmen.

Auf den nun entbrennenden Streit zwischen den Hilfs-, Ersatz- und Volldenkern, wer seinerzeit den *Bewirk An Sich* in die Schublade getan hat, sei hier nicht eingegangen. Nur soviel, daß die einen den hl. Ambrosius in Verdacht hatten, dem man ja einiges zutrauen kann, andere tippten auf Leonardo da Vinci, der bekanntlich überall seine Finger drin hatte: Universalgenie! Ja – hat sich was. Für das Wahrscheinlichste hält man heute, daß es Rhodorkinos von Eritraia getan hat, der Begründer der Lehre vom Translibidismus, als er den *Bewirk An Sich* vor den Horden der Pseudo-Digitalisten in Sicherheit bringen wollte.

Es sei dem, wie ihm wolle. Schon Goethe sagte in einem Gespräch – ausnahmsweise nicht mit Eckermann: „Bewahren und Bewirten mit mäßigem Beeilen sei des Orphischen menschliches Teil." „Wie bitte? Bewirten?" „Sagte ich *Bewirten*? Ich meinte *Bewirken*", sagte der Geheimrat. „Ja dann." (Vgl. „Gespräche Goethes mit dem Großherzoglich Weimarischen Hofrauchfangkehrer Hippel", Reinbek 1972, Band 4, S. 372.)

IX
Der Sympathisant

Der Beruf des Sympathisanten gehört zu den am schwierigsten zu erlernenden. (Im Gegensatz zum Beruf des Antipathisanten, den zu erlernen sozusagen im Schlaf möglich ist.) Der angehende Sympathisant muß sich zuallererst entschließen, *was* ihm sympathisch sein soll. Nur so etwas vor sich hinzuträllern genügt nicht.

> „Nur für Natur
> hegte sie
> Sympathie;
> schwärmen und träumen
> unter den Bäumen
> liebt die Gräfin
> Melanie.“

Das muß schon konkreter gefaßt werden. Gut, die Natur als Sympathie-Objekt zu wählen ist zulässig, wenngleich wenig originell. (Die *Un-Natur* als Gegenstand der Sympathie zu wählen hat dagegen schon den Geruch des Gesuchten, des krampfhaft Originellen.) Die Gräfin Melanie als Gegenstand der Sympathie? ... nun ja. Das kann zu Verwicklungen mit dem Grafen führen. Also zurück zum Natur-Sympathisanten. Er muß sich, wie heute fast überall unumgänglich, spezialisieren. Natur? Was ist nicht alles Natur. Der Spulwurm ist auch Natur, wenngleich nicht anzunehmen ist, daß die Gräfin

Melanie unter den Bäumen vom Spulwurm träumt. Vielleicht vom Lindwurm, der sie dereinst in Gefangenschaft gehalten, nackt an einen Felsen gekettet und geifernd bewacht, und von dem der kühne Graf sie unter Lebensgefahr befreit hat? Ein häufig vorkommender Fall, erst jüngst hat sich einer in Ernstbrunn in Niederösterreich ereignet. Die betreffende Gräfin hieß allerdings nicht Melanie sondern Ilke-Gerlinde, und der Graf verzichtete dann bei näherem Hinsehen auf die Befreite und begnügte sich mit den Drachenohren als Trophäen.

Der Natursympathisant ist also gehalten, will er vorwärts kommen, sich sorgfältig zu diversifizieren. *Bäume* genügt nicht. Mindestens ist eine Wahl zwischen Laub- und Nadelbäumen zu treffen. Eine einmal getroffene Wahl kann laut einschlägigen Vorschriften der Landeskommission nicht rückgängig gemacht werden. Wenn ein Laubbaum-Sympathisant plötzlich seine Neigung zu einem Nadelbaum entdeckt, so tut das dem Amt leid, es kann aber auch nichts machen, zumal ein Laubbaum-Sympathisant als mit einer nur so vor sich – wenn der Ausdruck gestattet ist – hinlaubenden Sympathie ohnehin keine große Freude beim Amt erweckt. Wer was gelten will, sollte sich deutlicher entscheiden: Buchen-, Linden-, Eichen-Sympathisant ist schon besser. Steineichen, Korkeichen, Knoppern-, Valonen-, Zerr-, Weiß-, Schwarz-Eiche, Weichhaarige Weißeiche (Quercus pubescens Willd.) – das ist vorbildlich.

Ein angehender Sympathisant, ein Oberpfälzer – typisch! – mißverstand den Vorschlag, er solle Laubbaum-Sympathisant werden, und sagte: „Nein, lieber Schellen- oder Herzbaum." „Hoho!" rief man im Amt, „warum nicht gleich Pik- oder Caro-Baum?" Diese Anekdote sei hier nur angeführt für den Fall, daß sich unter den Lesern ein Sympathisant für Kuriositäten befindet.

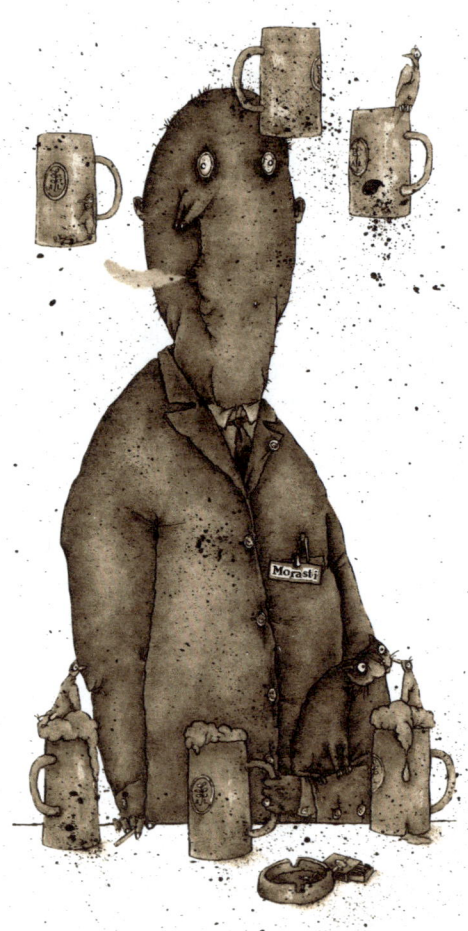

X
Der Prophet

Der Beruf des Propheten wird häufig mißverstanden. Der Prophet ist lediglich für die Prophezeiung verantwortlich, nicht für deren Eintreffen. Dafür ist der Eintreffist zuständig. Es ergibt sich daraus häufig eine schwierige Situation, weil leider immer noch die Kooperation zwischen Propheten und Eintreffisten zu wünschen übrig läßt. Der Versuch des Propheten Dr. Martin Morasti, die Fusion der Propheten-Gewerkschaft mit der Vereinigung der Eintreffisten für Dienstag den 27. Mai 2008 vorherzusagen, scheiterte an der Haltung der Eintreffisten, die sich weigerten, das Ereignis am 27. Mai 2008 eintreffen zu lassen. „Am 26. Mai – ja – oder am 28. Mai, aber nicht am 27.", verkündete Prof. Treumund Reckenriegel, der Sprecher der Vereinigung der Eintreffisten. Dr. Morasti bekam einen Weinkrampf und schluchzte: „Wie steh' ich dann da!" Der tückische Reckenriegel verstieg sich nun dazu zu sagen: „Ich prophezeie" (man höre! er, der Eintreffist prophezeit), „daß sein Weinkrampf spätestens dann aufhört, wenn er abends beim Bier sitzt." Erstaunlicherweise traf diese Prophezeiung ein.

Es gibt ganz unterschiedliche Arten von Prophezeiungen. Da ist einmal die Kurzfrist-Prophezeiung. Ein Beispiel: Der Prophet Anselm Brotmergl prophezeite seiner Frau im Auto: „Wir sind zu spät dran. Ich prophezeie dir, daß der Hummer vom Buffet von den anderen schon weggegessen ist." Die Prophezeiung traf zu hundert Prozent zu.

Eine Sonderform ist die sogenannte Abgesicherte Prophezeiung. Auch hierfür ein Beispiel: Der Hauptprophet der Regierung von Unterfranken, Benedikt Ursinus Gähkofler M.A. prophezeite am 17. Juni 2001: „Entweder wird morgen schönes Wetter oder es regnet weiter." Auch diese Prophezeiung ging zu hundert Prozent in Erfüllung. Ein geniales Beispiel Abgesicherter Prophezeiung gelang dem Oberbürgermeister Christian Ude von München, als er nach dem vermutlichen Ausgang der nächsten Wahl gefragt wurde und sagte: „Ich prophezeie, daß die SPD bei dieser Wahl *hervorgehen* wird."

Zum Schwierigsten gehört die langfristige Prophezeiung. Dem baden-württembergischen Propheten Paul-Helmuth Napfhäble gelang die epochemachende Prophezeiung: „Der Bodensee trocknet aus!" Auf die entsetzte Frage: „Wann?" antwortete er gefaßt: „In ferner Zukunft."

Die seltenste Form der Prophezeiung ist die Sich-selbst-erfüllende solche. Zum Beispiel: Wenn Sie, geehrte Leserin, geehrter Leser, dieses Kapitel des „Bilderbuchs der Unberufe" gelesen haben, haben Sie zehnmal das Wort „Prophet(en)"* gelesen.

* – einschließlich dieses.

XI
Der Zeichner

Der Beruf des Zeichners ist besonders schwer zu beschreiben, da die Tätigkeit des Zeichners von Geheimnissen umwittert ist.

Woher die Bezeichnung des Zeichners als Zeichner herzuleiten ist, ist unklar, obwohl in der Bezeichnung das Wort Zeichnung schon enthalten ist. Zahlreiche Theorien über die Herkunft des Wortes *zeichnen* und damit die Herkunft des Zeichners sind im Umlauf. Die wahrscheinlich richtige Theorie leitet die Tätigkeit des Zeichners vom Wort *Zeichen* ab, und dies wiederum ist, wie auf den ersten Blick zu sehen, ein Diminutiv: Zei-chen oder Zei-lein, abgeleitet also von *Zei.* Wenn man also dem Beruf des Zeichners näher kommen will, muß man nach dem *Zei* suchen. Das ist schwierig. Noch nie hat jemand einen (ein? eine?) *Zei* gesehen oder gehört. Domdekan Nickel aus Burgkunstadt berichtete der *Bild-*Zeitung, er habe am hundertsten Jahrestag der Uraufführung des *Zigeunerbarons* von Johann Strauß Sohn, also am 24. Oktober 1985, in der Nähe eines Bratwurststandes in Nürnberg einen (ein? eine?) *Zei* gesehen, ganz deutlich, unbewegt, leicht irisierend. Der Domdekan erklärte, er habe keine Angst gehabt, kein unangenehmes Gefühl, eher habe ihn so etwas wie wohliger Schauer ergriffen. Spätere Überprüfung ergab aber, daß das, was der Domdekan sah, nicht der (die? das?) *Zei* war, sondern die Soziologiestudentin im 4. Semester Sigrid Neudickel aus Bußmansreuth. Die seit 1681 bestehende *Gesellschaft zur Aufklärung des (der?) Zei* in Geretsried, deren

Vorsitzender der Byrtologe Prof. Dr. K. Voigtmann ist (Schirmherr: der Thronprätendent Moritz von Finnland), erkannte daher die Beobachtung des Domdekans nicht als kanonisch an und verbot die Verehrung.

So bleibt nach wie vor die Tätigkeit des Zeichners von Dunkelheit umhüllt. Nur verhaltenes Raunen ist darüber zu vernehmen, das mit Vorliebe durch neblige Fichtenwälder weht oder durch die scheibenlosen Fenster von Burgruinen.

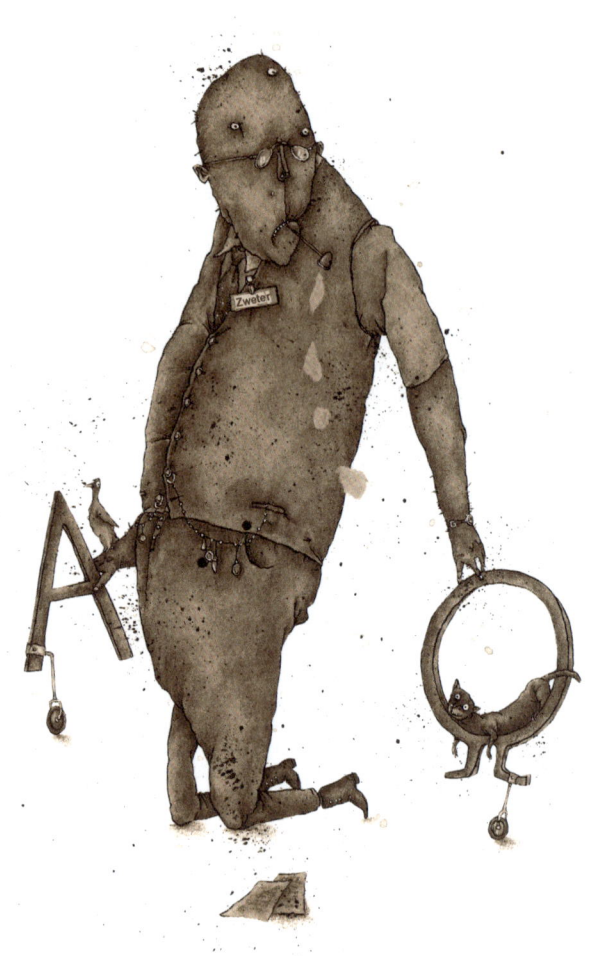

XII
Der Schriftsteller

Der Schriftsteller ist ein relativ junger Beruf. Er wurde aus dem älteren Beruf des Stellers entwickelt, der, wie schon der Name sagt, die Dinge auf- oder richtigzustellen hat. Der seinerzeit berühmte Steller Hermann Samuel Zweter hielt sich einmal zufällig an dem Wallfahrtsort Mariae Gnadenlos während des Marathon-Rosenkranzes der Marianischen Liga von St. Ondulata an der Knorpel auf. Da erschien ihm außerhalb der Basilika Gott, hielt sich die Ohren zu und hauchte mit schmerzverzerrtem Gesicht: „Aufhören! Aufhören! ‚... der du für uns mit Dornen gekrönt worden bist ...‘ ich *weiß* es inzwischen. Ich bin weder schwerhörig noch begriffsstutzig. Und daß ich im Himmel bin, ist mir – bitte – geläufig, das braucht man mir nicht hundertmal zu sagen."

„Ich werde das richtigstellen", sagte der Steller.

„Danke", sagte Gott, „ich werde dich dafür heiligsprechen lassen."

„Lieber nicht", sagte der Steller.

„Verstehe", sagte Gott, „dann befördere ich dich vom Steller zum Schrift-Steller. Hier hast du die Schrift. Stelle sie hin."

„Wo?"

„Irgendwohin", sagte Gott und verschwand.

Seitdem irrte der – nun – Schrift-Steller Zweter von Ort zu Ort und versuchte, die Schrift aufzustellen, aber nirgendwo blieb sie stehen, fiel überall um.

So blieb die Schrift, auf der Gott mitgeteilt hat, daß er weder schwerhörig noch begriffsstutzig ist, unaufgestellt, und die Marianische Liga betet gnadenlos weiter, bis sie ins Guiness-Buch der Rekorde kommt.

XIII
Der Zeitgenosse

Wie in so vielen Fällen ist auch die Bezeichnung des Berufes des Zeitgenossen unscharf. Er müßte Zeitgenießer heißen, jedenfalls solange er die Zeit genießt. Zeitgnosse ist er eigentlich nur, wenn er seine Zeit bereits genossen hat. Welche Zeit der Zeitgenosse oder, wie gesagt, besser: Zeitgenießer genießt, ist unerheblich. Es kann sowohl seine eigene Zeit sein als auch die Zeit eines beliebigen anderen. (Der Druckfehler Zeltgenosse hat zu schönen Mißverständnissen geführt, deren Schilderung aber hier aus Rücksicht auf eventuell sittlich nicht gefestigte Leser unterbleibt. Zur Ergänzung, was eigentlich mit dem Zeitgenossen nichts zu tun hat, ein Seitenblick auf den Sittenfestiger. Das ist, entgegen weitverbreiteter Annahme, kein Beruf, sondern eine Haut-Crème. Sie wird in Altötting hergestellt. Die Tube kostet je nach Qualität – „light", „normal", „forte" – 8 bis 12 , wird auf den ganzen Körper, vordringlich im Intimbereich, aufgetragen und bewirkt absolute Unanfechtbarkeit. Kein Anfasser – um auch diesen Beruf zu erwähnen – hat da eine Chance.)

Zurück zum Zeitgenießer. Er genießt einesteils in einem Zug, andernteils langsam, Schluck um Schluck. Nicht ungefährlich ist es, die Zeit nur so hinunterzustürzen. Der Kavalier schweigt auch nach dem Zeitgenuß. Allen, die nicht Kavaliere sind, ist gestattet danach laut zu schreien. Was geschrien wird, ist nicht vorgeschrieben, bleibt dem einzelnen Nicht-Kavalier freigestellt. Es reicht von: „Ein Hoch dem Kegelverein Diepoldsheim/West!" oder „O du mein

holder Abendstern!" bis „Unter Eichen, Linden / wird sich wohl 'ne Pinte finden."

Es hat eine Bewegung gegeben, die hat von den Zeitgenossen die *Zeit* weggestrichen. Geblieben sind *Genossen*. Niemand wußte so recht, was das war. „Wieso Genossen? und nicht Gegessen? oder noch besser Getrunken?!" Langsam aber festigte sich diese Bewegung, und es kristallisierte sich heraus, was Genossen waren. Es soll hier nicht weiter ausgebreitet werden, denn diese Bewegung ist inzwischen eingegangen. Ein Genosse hatte nämlich ein Lied gedichtet: „Auf Brüder, zur Freiheit, zur Sonne!" Das wurde befolgt, allerdings ging ein Teil der Brüder in Bronfski Paules *Freiheit* in Groß-Umstadt und versumpfte dort, während der andere Teil in die *Sonne* in Gera rumpelte, wo sie der Wirt erst zur Sperrstunde hinauswerfen konnte. Seither hat man nichts mehr von all dem gehört.

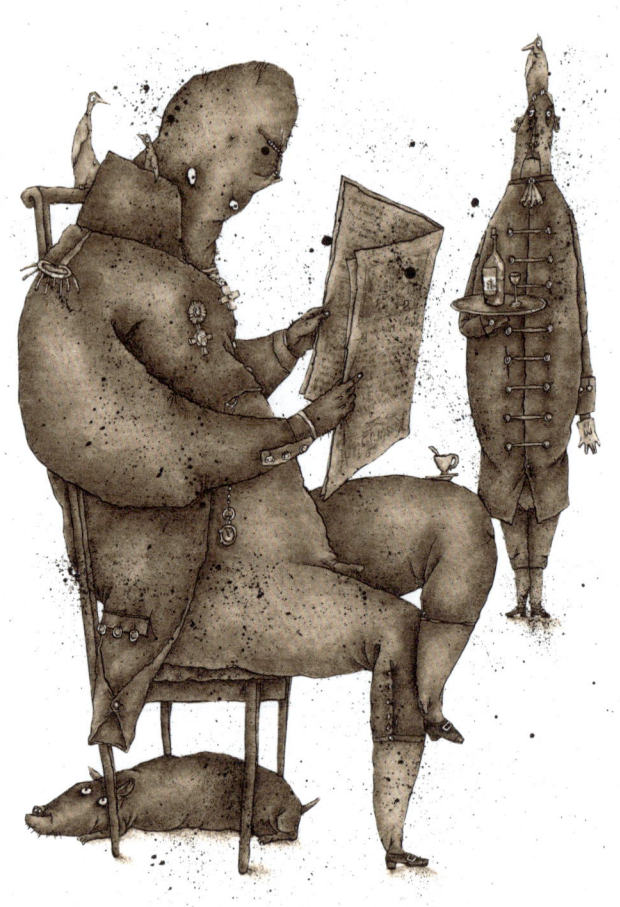

XIV
Der Unsittenstrolch

Der Unsittenstrolch ist, wie bei nur kurzem Nachdenken klar, das Gegenteil eines Sittenstrolchs. Das ist so, wie mit der Untiefe. Die Untiefe ist nicht analog der Unsumme, der Unzahl usf. eine besonders tiefe Tiefe sondern eine – von den Seefahrern gefürchtete – seichte Stelle. (Ein anderes Beispiel ist der Ungar, als der ein besonders weicher, kein roher oder harter Mensch bezeichnet wird.) Der Unsittenstrolch strolcht also durch die Lande, fröhlich pfeifend und verbreitet, wo er geht und steht, Sitte. So ist auf den behördlich konzessionierten Unsittenstrolch Dörnwedel aus Xanten am Niederrhein die *Sitte* zurückzuführen vor dem Trinken „Prost!" zu sagen. Sein Schüler und Nachfolger, der USSt (Abkürzung für UnSittenStrolch) Müller-Kurzhagen-an-der-Diepe verfeinerte dies durch die Sitte „Jetzt wollen wir einmal einen hinunterlassen!" zu sagen. Nicht unangefochten bleibt bis heute die Sitte, die wiederum dessen Schüler Brandmayer Xaver aus Polykarpszell einführte, nämlich vor dem Trinken auszurufen: „Leber duck' dich, jetzt kommt einer!"

Ein gewisser Stiller, mit Vornamen Friedbert, führte die Sitte ein, an den sinnlos in Kirchentürmen herabhängenden Stricken oben Glocken anzubringen. Der staatl. gepr. Naturbursch, später zum Kulturbursch aufgestiegene Christian Kolumpfuß führte die Sitte ein, harte Eier durch Klopfen auf den Tisch zu öffnen.

So erfuhr die Sitte Schritt um Schritt Erweiterungen bis heute. Sehr alt ist die bereits bei den Germanen bekannte Sitte (vgl. Caesar:

„De Bello Gallico", 2,54), im Winter zu frieren. Die Sitte, den Hörer abzuheben, wenn das Telephon klingelt, ist dagegen jüngeren Datums. Die erste Nachricht davon ist in Bismarcks „Gedanken und Erinnerungen" zu finden. Die Zeitung so zu halten, daß die Schrift von oben nach unten zu lesen ist, geht auf einen USSt namens Gottlieb Erbeschnell Lustig zurück, der sie 1815 zunächst im Kurfürstentum Hessen-Kassel einführte, nachdem der dortige Kurfürst immer die Zeitung verkehrt herum gehalten und zu seinem Leibdiener stets gesagt hatte: „Steht wieder nichts Lesbares drin." Aufgrund einer Bundesakte vom 22. April 1817 wurde diese Sitte dann für den ganzen Deutschen Bund verbindlich, setzte sich dann auch in allen zivilisierten Ländern durch. Nur die Samojeden halten heute noch die Zeitung verkehrt.

Die Sitte, einen Literaturkritiker zu ohrfeigen, wenn man ihn auf der Straße trifft, wird dem USSt. Konrad Berglein zugeschrieben, der diese Sitte allerdings auf Anregung eines gewissen Edmuald Rübnicke entwickelte. Die Sitte setzt sich bis heute nur zögernd durch.

So verdanken wir es also den unermüdlichen USSten., daß sich ein wohltuendes Netz von Sitten von Pol zu Pol hinzieht, auch wenn wir es, zum Beispiel wegen schlechten Wetters, nicht bemerken.

XV
Der Roßtäuscher (lat. Expertus)

Wer das Deutsche Wörterbuch der Gebrüder Grimm aufschlägt (Band 14, Sp. 1276), dem wird weisgemacht, daß Roßtäuscher Leute seien, die „auf dem wege des tausches mit pferden handeln, dann überhaupt pferdehandel treiben". Das ist typisch für die Grimms, die nicht nur alles klein schrieben, sondern sich auch von den Roßtäuschern täuschen ließen, wie sie ja überhaupt schon von der alten Viehmann aus Niederzwehren bei Kassel gründlich hinters Licht geführt wurden, die ihnen die haarsträubenden Vorfälle, wie sie ja im ländlichen Bereich gang und gäbe sind, wie Kindsaussetzung, Blutschande, Erbschleicherei, Verwandtenbeseitigung usw. als Volks-Märchen unterjubelte. So fielen sie auch auf die Roßtäuscher herein, die eben das von sich behaupteten, was die arglosen Grimm dann in ihr Wörterbuch aufnahmen.

Was aber ist nun ein Roßtäuscher wirklich? Nichts einfacher, als dies zu erklären. Nehmen wir als konkretes Beispiel den badischen Roßtäuscher Sigismund Ganzteufel aus Endingen. Er pfiff nach tagelanger Übung so lieblich, schlug mit den Armen flatternd um sich, sprang ein wenig hoch und täuschte so das Roß *Adorno*, einen sogenannten Marburger Fuchs aus dem Staatsgestüt dermaßen, daß dieser Hengst ihn tatsächlich für eine Amsel hielt. Wenig später gelang es Ganzteufel in Rottweil, das war an einem regnerischen Pfingstmontag, dadurch, daß er seine Backen aufblies, ein möglichst rundes Gesicht machte, eine Clydesdaler Stute zu täuschen: Sie hielt ihn für den Vollmond.

Übertroffen wird Ganzteufel von dem wohl begabtesten Roßtäuscher aller Zeiten, einem gewissen Beat Indernacht aus Tschlin im Engadin, dem es sogar gelang, durch bloßes Verziehen des Gesichtes und Herausstrecken der Zunge nicht nur einem Englischen Vollblut, dem Hengst *Aurora*, sondern auch dem Reiter, Herrn Dr. Breitvogel, vorzugaukeln, er sei Albert Einstein, obwohl dieser zu dem Zeitpunkt bereits über 20 Jahre tot war. Beat Indernacht genügte es bald nicht mehr, nur Rosse zu täuschen. Er warf sich – in der Schweiz naheliegend – aufs Kuhtäuschen, dann aufs Schaftäuschen, täuschte im Zoologischen Garten von Zürich Affen, Kamele, Giraffen und so fort, und noch im hohen Alter, schon gebrechlich und an den Rollstuhl gefesselt, täuschte er oft wenigstens noch Ameisen.

Sein größter Triumph allerdings war, daß es ihm am Schweizer Nationalfeiertag 1971 gelang, die aus diesem Anlaß versammelten Engadiner Roßtäuscher zu täuschen. Sie hielten ihn für Schillers *Glocke*.

*

Ein Wort zur Herkunft der lateinischen Bezeichnung *Expertus* für den Roßtäuscher. Zur Zeit des Konzils von Nikäa lebte dort ein Roßtäuscher namens Pertus. In der Nacht vom 5. auf 6. November erschien ihm (er hatte sich wohl im Monat geirrt) der heilige Nikolaus und forderte ihn auf, den anstößigen Namen Pertus aufzugeben und sich statt dessen Baudrexel zu nennen. Selbstredend befolgte Pertus, nunmehr Baudrexel, diese Anordnung, nur war es den Nikäanern völlig unmöglich, den ihnen ungeläufigen, ihrer Zunge sich widersetzenden Namen Baudrexel auszusprechen, was zu gotteslästerlichen Verballhornungen führte. So einigte man sich darauf, den, im Übrigen beliebten und erfolgreichen, Roßtäuscher „den Ex-Pertus" zu nennen. Wie so oft, ist dann der Eigenname zur Berufsbezeichnung geworden.

XVI
Der Wortbeugel

Der *Wortbeugel*, in Österreich *Prügelknabe* genannt, wobei dort der entsprechende Frauenberuf die *Geburtsrate* (nicht zu verwechseln mit der abstoßenden, wenngleich harmlosen *Geburtsratte*) genannt wird, in der Schweiz: *Kichererbse*, ist hoch angesehen, wird oft ehrenhalber an ausländische Staatsoberhäupter als Titel verliehen und leidet berufsbedingt an geschwollenen Füßen. Der Wortbeugel des Bundeskanzlers Kreisky war nach einem Flug mit diesem nach New York nicht mehr in der Lage seine Schuhe wieder anzuziehen, so daß er dem Empfangskomitee in Socken entgegentreten mußte. Es hat sich dabei um den Regierungs-Wortbeugel Hofrat Wawrasch gehandelt, von dem auch erzählt wird, daß er während eben dieses Aufenthalts einen Film seiner Kamera wechseln wollte. Damals gab es noch keine Digitalkameras u. dgl., und man mußte darauf achten, daß kein Licht auf den Film kam, sowohl auf den herauszunehmenden als auch auf den hineinzugebenden nicht. Da amerikanische Hotelzimmer keine Jalousien haben (für norddeutsche Leser: Fensterläden), zog sich Wawrasch für den Filmwechsel in den sehr geräumigen Kleiderschrank zurück. In dem Augenblick aber klopfte es an der Tür. Der Wortbeugel des amerikanischen Außenministers wollte Wawrasch zum Galadinner abholen. Wawrasch dumpf aus dem Kasten: „Einen Augenblick!" Der Amerikaner verstand: „Herein!", trat ein und wurde also Zeuge, wie Wawrasch dem Kasten entstieg. Diplomatisch geschult verzog der Amerikaner keine Miene. Im Verlauf der Reise kam die Delega-

tion auch nach Washington. Wawrasch hatte seinen Film vollge-
knipst, wollte wieder wechseln, zog sich wieder in den Schrank
zurück – diesmal kam eine Kongreßabgeordnete ... kurzum, im
Dossier, das, wie üblich, über Wawrasch angelegt wurde, stand:
„Benimmt sich merkwürdig." Zum Glück erfuhr Wawrasch nie
davon und beendete seinen Dienst hochdekoriert und als einer der
effizientesten Wortbeugel der Zweiten Republik gefeiert.

XVII
Der Wiesenschrat

Während der Waldschrat nach wie vor verbreitet ist, wie jeder sehen kann, der an einem Werktagmorgen durch die Fußgängerzone einer beliebigen Großstadt geht, ist der Beruf des Wiesenschrats nahezu ausgestorben. Dabei gab es noch vor weniger als hundert Jahren zum Beispiel in Mainz vierundvierzig behördlich konzessionierte Wiesenschrate, die nichtkonzessionierten gar nicht gerechnet. Diese nichtkonzessionierten Wiesenschrate, unter denen sich nicht wenige Wiesenschrätinnen befanden, bildeten ein nicht geringes gesellschaftliches Problem für die Mainzer Stadtverwaltung. Nicht, daß nicht genug Wiesen vorhanden gewesen wären, die dazu ausgereicht hätten, daß auch die Nichtkonzessionierten dem Schraten nachgehen konnten, vielmehr behinderten diese, also die Nichtkonzessionierten den geordneten Ablauf der Dinge, versperrten nicht selten den Amtsweg, verstopften oft mutwillig die Beamtenlaufbahn und bewirkten sogar einmal – das war exakt am Tag, als die 500jährige Wiederkehr des Beginns der Heuschreckenplage in Schlesien gefeiert wurde – die zeitweilige Schließung von drei der vier damals vorhandenen Amtsgeschäfte. Die Bevölkerung konnte kaum noch Ämter kaufen, vor dem einzig offenen Amtsgeschäft bildeten sich Käuferschlangen, und es kam zu Tumulten. Diese konnten vom Magistrat nur dadurch beruhigt werden, daß die Käuferschlangen einesteils in (harmlose) Käferschlangen (Crotalus agriotes Rosendorferi) anderteils in Käufereidechsen, Käuferfrösche und Käuferlurche verwandelt wurden.

Mit der Erfindung des Doppelglanzes und dessen zwangsweiser Einführung im Deutschen Reich sank die Bedeutung der Wiesenschrate. Versuche, durch Subventionen dieses altehrwürdige Gewerbe am Leben zu erhalten, scheiterten. Als dann auch noch der Eingesprungene Rittberger und sogar der Zweigesprungene Rittmaier aufkamen, war es, da ja auch die politischen Verhältnisse für die Wiesenschrate ungünstig waren, endgültig aus.

Eine Zeitlang schien es so, als könne die 68er-Bewegung eine Wiederbelebung der Wiesenschrate mit sich bringen, und einige Anzeichen deuteten schon darauf hin. Aber so wie die 68er sich immer langsamer bewegten und endlich ganz zum Stillstand kamen, verschwanden auch diese Ansätze wieder. Lediglich in der ehemaligen DDR waren noch Wiesenschrate zu finden, aber die gingen mit der gnadenlosen Wiedervereinigung unter wie so vieles Schöne: die Bückware, die Komplexannahmestelle, der Sozialismus und der Trabi.

XVIII
Der Hold

Der Hold ist, wie ohne weiteres zu erkennen, das Gegenteil des Unholds, weiblich: Holde. Berühmt war zu Zeiten Goethes eine berufsmäßige Holde namens Lili, die der Dichter sogar in seinem Gedicht „Wonne der Wehmut" besang. Erst spätere Nachforschungen ergaben, daß es sich dabei um eine Holde aus Wolffenbüttel gehandelt hat, die zeitweilig in herzoglich-weimarischen Diensten gestanden ist und später auf den besser bezahlten Beruf der Korvette umsattelte und einen Kapitän heiratete.

Früher war auch die männliche Form *Holder* statt Hold geläufig. Ein solcher Holder mit Familiennamen Knabe gehörte zum Freundeskreis Schillers. Er hieß Traugott Fürchtefromm, war Sohn des Superintendenten Knabe aus Jena und schrieb, soweit ihm sein anstrengender Dienst als Hold oder Holder Zeit und Muße ließ, verschiedene Beiträge für den Musen-Almanach, die Schiller allerdings, angeblich aus Platzmangel, bis auf wenige ablehnte. Unter diesen wenigen befindet sich die hübsche Arbeit des Holden Knabe „Von welcher Stelle aus verfolgte Nero den Brand Roms?" und das reizend-neckische Gedicht: „Als Helmlinden wegen Bauchgrimmen nicht zur Abendandacht kommen konnte." Eine Zeitlang soll Beethoven erwogen haben, dies und nicht Schillers „Ofen edler Freunde" zu vertonen. Eine größere Bestechungssumme, angeblich von Goethe, der dem schnell gekränkten Schiller diese Schande ersparen wollte, bewog Beethoven zum Schiller-Text zu greifen. Schiller tröstete seinen so zurückgesetzten Freund mit dem Gedicht „Holder Knabe usw. usw."

Nach Schillers Tod wollte Knabe nicht mehr in Jena und Weimar bleiben und trat in großherzoglich hessische Dienste, wo er bis zum Hofsonderling aufstieg und als evang.-luth. Gesamtlandes-Berserker in den Ruhestand trat. Er wurde mit dem Prädikat „von Wunderhorn" in den Freiherrnstand erhoben und war mit der Ersten Hofbegonie der Großherzogin, einer geborenen Gräfin Zum Häusl verheiratet. Sein ältester Sohn Gottmuth-Liebefroh Freiherr Knabe von Wunderhorn wurde Erster Hofposaunenwart des späteren Kaisers Wilhelm und gilt als Erfinder der mecklenburgischen Halbsandale.

XIX
Der Glockenläutnant

Es gibt wohl niemand unter den LeserInnen dieses Buches, dem nicht schon hie und da, sei es auf blühender Flur, sei es im Gedränge der Großstadt ein Glockenläutnant begegnet wäre. Die Glockenläutnants oder -läutnante haben die Aufgabe, diese zu erledigen. Nicht mehr und nicht weniger. (Weniger schon gar nicht.) Der Glockenläutnant Abhirn aus Depplikon hat die – in der ersten Zeile hier ausnahmsweise gebrauchte – Mittel-Majuskel erfunden, die inzwischen, infektiös verbreitet, offenbar unausrottbar geworden ist.

Den Ausdruck „vor Ort" hat ein Glockenläutnant aus Blödhausen im Harz leichtfertig in die Sprache eines deutschen Bundestagsabgeordneten gebracht, und von dort aus hat er sich in allen Reden festgesetzt, und alle Bemühungen, ihn wieder hinauszubringen, sind gescheitert. Das Gleiche gilt für die trottelhafte Floskel „außen vor lassen". Das hat der Glockenläutnant (später Glockenhauptmann) Ludwig Bodenseer aus Kitzbühel an sich nur dafür einführen wollen, daß jemandem in besserer Gesellschaft ein Wind entfährt, aber die Politiker rissen diese Bezeichnung sofort an sich, und das Ergebnis sieht oder besser hört man heute allerwegen.

Statt das in seiner Schlichtheit ansprechende „oder" das quasitechnisch wirkende, bedeutender klingende „beziehungsweise" zu gebrauchen, geht auf den Glockenläutnant Richard Kwisser zurück, der damit einen Philosophieprofessor infizierte, der dann zwar disziplinarisch gemaßregelt wurde, was aber die Verbreitung der

Eine Mittel-Majuskel

Unsitte nicht mehr verhinderte. Jener Kwisser hat auch die Bezeichnung Schweinebraten statt richtig Schweinsbraten sowie Kälber- und Rinderbraten statt Kalbs- und Rindsbraten zu verantworten – so als ob der Braten aus mehreren Schweinen bzw. Kälbern bzw. Rindern bestünde, wobei dieses „beziehungsweise" hier ausnahmsweise richtig ist.

*

Nichts mit dem Beruf des Glockenläutnants zu tun, aber dennoch erwähnt werden soll der Vorfall vom März 2008: Der Satan kam bei Gott ein, daß in Zukunft alle Politiker, die eine Stellungnahme mit „Ich würde sagen, daß ..." anfangen, nicht mehr in die Hölle kommen, denn der Platz reiche nicht mehr aus.

XX
Der Feldbettwebel

Dankenswerterweise wurden in den letzten zehn Jahren nahezu überall im Land von den Gemeinden Feldbettwebel ernannt. Unklar ist allerdings bis dato, wer für diese, wie erwähnt, „dankenswerte" Neuerung danken soll oder womöglich schon gedankt hat. Eine weitere Frage ist, wie, in welcher Form gedankt werden soll? In feierlicher Form im Rahmen eines Staatsaktes? mit Streichquartett oder sogar mit Symphonie-Orchester? Oder eher volkstümlich mit einem Auftritt der *Kastelruther Kässpatzen*? (Oder sind es die Kastelruther Käsnocken? – Käs-Sokken? oder Käsknödel? Heißt es doch im Liede: „Jeder Abendkäs ist ein Gebet ...") Soll der Dank vielleicht hingegen *still* abgestattet werden? Ist doch der bekannte Stille Dank mit das Schönste, was unsere Heimat zu bieten hat. Der Stille Dank ... ich sehe, wie der Dankende zum Zubedankenden leise ins Zimmer tritt, „... psst ..." sagt, sich dem Zubedankenden hinunterbeugt, seinen Mund dessen Ohr nähert und dann „Dank!" flüstert, ja haucht, kaum hörbar. Wie es doch schon in dem ergreifenden Lied der Kastelruther Kässpatzen heißt:

> „Der Klockenklank
> der Heimat schlank,
> hinauf sich rank,
> hab Danck, hab Danck."

Ein ergreifendes Lied, das auch den Feldbettwebel Niederkritzinger Thomas aus Unterrain ergriffen hat, und zwar an der linken Hüfte. Niederkritzinger erschrak zunächst, wandte sich ruckartig um, war schon drauf und dran zu seiner Beihabenden Seitenwaffe zu greifen, da erkannte er, daß es nur jenes Lied war, das ihn ergriffen hatte. Daraufhin bewegte das Lied den Feldbettwebel tief, bewegte ihn allerdings leider vom Weg ab (vom Feldbettweg) und geradewegs in das Gasthaus „Zum gekrönten Frosch", wo er erst spät am Abend wieder aufgespürt werden konnte. Was inzwischen im Amtsbezirk Niederkritzingers geschehen ist, kann man sich ohne weiteres aus-malen. Womöglich in den düstersten Farben. In Öl, oder Aquarell. Neuerdings gern in Acryl.

XXI
Der Einspanier

er Einspanier oder Hofeinspanier war ein Hofbediensteter,
der bei Feierlichkeiten am Wiener Hof den Zug eröffnete.
Der Hofeinspanier hat keine andere Aufgabe, als darauf zu
achten, daß er nicht schneller marschiert als der Zug hinter ihm. Ein
weit voraus und ohne Zug dahinschreitender Hofeinspanier wäre
selbstredend ein unwürdiger, womöglich zum Lachen, wenn nicht
zu unsachlicher Kritik und somit Insubordination führender Anblick. Das Amt wurde häufig gnadenweise an irrtümlich gezeugte
Abkömmlinge des Erzhauses verliehen. Die Einrichtung des Amtes
geht auf Kaiser Karl VI. zurück.

(Vgl. den Artikel „Hofeinspanier" in: Meyers Konversations-
Lexikon, 5. Aufl., Leipzig und Wien 1896, Band 8: „Großkreuz bis
Hübbe", S. 888.)

*

Nicht verwechselt werden darf der Einspanier mit dem Einherjer.
Ein solcher ist ein den Schwerttod erlegener germanischer Held,
den Wotan von einer Walküre zu sich nach Walhall bringen läßt.
Dort erwarten den Helden, nunmehr Einherjer, die ewigen Freu-
den, so wie es sich der Germane vorstellt. Die Einherjer ziehen
jeden Morgen unter Absingen rauher Lieder aus und dreschen
draußen aufeinander ein bis mittags, dann kehren sie nach Walhall
zurück. Einstweilen heilen wunderbarerweise die Wunden. Die

Einherjer setzen sich zu Tisch, essen und trinken, bis sie unter denselben fallen, schlafen bis zum nächsten Morgen, wo sie frisch erwachen und sodann wieder hinaus ziehen ... und so weiter. Das germanische Paradies.

(Vgl. Wolfgang Golther, „Handbuch der germanischen Mythologie", S. 313 ff.)

Nicht selten verselbständigt sich ein Orts- oder Eigenname von der bloßen Herkunftsbezeichnung zum allgemeinen Begriff. So gab eine heute ausgestorbene Heringsart das Synonym für „Reichskanzler" ab; der „Österreicher" ist uns heute geläufig als einer, der auf der Autobahn in der falschen Spur fährt. „Frankfurter", „Wiener", „Berliner" sind ähnliche Fälle. Aus dem „Hamburger", ehemals ein ehrwürdiger Patrizier einer Hansestadt, wurden als eßbar erklärte Lebensmittelreste und so fort.

Der Kalauer leitet seine Berufsbezeichnung von dem Ort Kalau (oder Calau) bei Frankfurt an der Oder her, dem Geburtsort des durch das Lied bekannten Ännchen von Kalau. Anfänglich war das Kalauern völlig ungeregelt und den privaten Initiativen überlassen. Die erste Regelung des Kalauerns erfolgte im Allgemeinen Preußischen Landrecht unter Friedrich dem Großen. Da sich Maria Theresia weigerte, in den Erblanden eine ähnliche Regelung einzuführen – („Bei Uns soll *Ka Lauer* net umanandschwenzeln!") –, war hier ein kalauerischer Wildwuchs zu verzeichnen, der erst durch die energische Gesetzgebung Metternichs beschnitten wurde. Dadurch wurden zahlreiche inzwischen ins Volksgut übergegangene Aussprüche Kaiser Franz Josephs ermöglicht, wie: „Mir bleibt nichts erspart!" oder „Es war sehr schön, es hat mich sehr gefreut." Manche Historiker bezeichnen Franz Joseph sogar als „den Kalauer auf dem Kaiserthron".

Heute ist das Kalauern selbstverständlich weltweit geregelt. Die Konvention von Idar-Oberstein von 1970 stellt das Kalauern unter den Schutz der UN. Nachdem China und Japan 1991 bzw. 1998 der Konvention beigetreten sind, ist ungenehmigtes Kalauern weltweit geächtet. Die japanische Delegation ist 1998 mit den Worten vom Präsidenten der UN-KalausCo, Bin Mal Vek, empfangen worden: „Nachdem die einen *chiniest* haben, *japsen* die anderen jetzt die Stiegen herauf." Ehrenpräsident ist, aufgrund seiner Verdienste um die Konvention, der deutsche Altbundeskanzler Kohlauer.

*

Zur Ableitung allgemeiner Begriffe von einem Ortsnamen ein Nachtrag: da zufällig alle drei deutschen Literatur-Groß-Kritiker in Bad Tölp in der Eifel geboren wurden, ging dieser Ortsname auf die Kritiker über.

XXIII
Die Schneekanone

Die Schneekanone ist ähnlich der Hebamme ein rein weiblicher Beruf. Das hängt damit zusammen, daß *der* Schnee in alten Zeiten weiblich war: *die* Schnee. (Analog etwa: die Fee, die See, die Livree, die Tournee usf.) Erst infolge der außer Kontrolle geratenen Dritten Lautverschiebung, die um die Zeit des sog. Zusätzlichen Kornbrandes wütete und nebenbei den *Andreas-Hofer-Feigenkaffee* hervorbrachte, wurde *die* Schnee zu *der* Schnee.

Der zweite Teil des Wortes, also „Kanone", kommt aus dem Lateinischen: canon = die Richtlinie. In früheren Zeiten war es in der Tat so, daß die Schneekanone bei Winterbeginn zur Schneefallgrenze hinaufstieg, mit den notwendigen Geräten bewaffnet und dem (früher also der) Schnee verbindlich vorgab, welche Richtung der (die) Schnee zu nehmen hat. Seit der Schnee aber grammatikalisch männlichen Geschlechts ist, entzieht er sich – typisch – den weiblichen Richtlinien und fällt wie er will, einmal da, einmal dort, senkrecht oder waagrecht, abwärts oder aufwärts, bedauerlicherweise – für den Wintersport – oft gar nicht mehr. Die Schneekanonen mußten sich, es blieb ihnen nichts anderes übrig, dem Eischnee zuwenden, was zu der katastrophalen Erfindung der fälschlich so genannten „Salzburger Nockerln" führte, deren Verbreitung trotz angestrengter Gegenmaßnahmen (Wallfahrt nach Maria Ei-Schnee u. a.) nicht verhindert werden konnte. Auffällig war das gleichzeitige Auftauchen der „Mozartkugel", von der niemand je erfuhr, wer sie zu verantworten hat. Es besteht der Verdacht, daß die

gewissenlosen Betreiber der Bayreuther Festspiele sowohl „Salzburger Nockerln" als auch „Mozartkugeln" in Umlauf gebracht haben, um die Salzburger Festspiele, ihre einzige ernstzunehmende Konkurrenz, in Mißkredit zu bringen. Der von den Salzburgern ausgeheckte und mit viel Vorschußlorbeeren bedachte Gegenschlag, die Züchtung einer besonders übelriechenden „Richard-Wagner-Gurke" mißlang, weil der inzwischen verstorbene Karajan das Rezept für den „Richard-Wagner-Gurkensalat" mit ins Grab nahm, wo es heute noch ruht. Eine Exhumierung, und damit Wiedergewinnung, des Rezeptes ist aufgrund spezieller Salzburgischer Bestimmungen erst mit Heiligsprechung Karajans möglich, also dessen *Kanonisierung*, womit sich der Kreis zur Schneekanone schließt.

XXIV
Der Tagedieb

Ob der Tagedieb überhaupt als Beruf bezeichnet werden kann, ist fraglich, denn es gab in der ganzen Weltgeschichte, soweit sie überblickbar ist, nur einen einzigen, der diese Tätigkeit ausübte, einen gewissen Hugo Krautberger (1553–1612), der aus Leipzig-Leuchtenzirp stammte und unter seinem latinisierten Namen Monsolerus bekannt ist.

Monsolerus war ein engstirniger, fanatischer Calvinist, Verfasser zahlreicher antikatholischer Schriften, die zum Teil sogar Lutheranern, solchen gemäßigter Richtung, zu weit gingen, zum Beispiel der Traktat „Wider denen unsagbaren Greweln der Papisten in puncto daß Flatus Ventarum" oder „Scharffe Hauptentgegnis zur erzerschröcklich-papistischen Aber-Lehre von denen Heiligen spitzmäusen zu Nanzig in Lotharingien". Er begnügte sich später nicht mehr mit theoretischen Angriffen und beschloß im Sommer 1582 zur Tat zu schreiten. Er ließ sich zum Tagedieb ausbilden, reiste unter falschem Namen (Spintzwandel, nach anderen Quellen Goethe) nach Rom und stahl zehn Tage, nämlich alle Tage vom 5. Oktober angefangen bis zum 14.

Lähmendes Entsetzen brach aus. Papst Gregor XIII. bekam vor Schreck optische Kongestionen: er sah plötzlich lauter Rote Rüben, die sich unzüchtig mit Gelben Rüben vermischten. Der Zustand hielt über eine Stunde an, dann hatte der Cardinal Sirtelli die geniale Idee, seinen gregorianischen Taschenkalender hervorzuziehen und dem Papst vorzuschlagen, diesen statt des bisher gültigen julianischen

Wandkalenders einzuführen. „Ja", sagte Papst Gregor XIII., „das ist ja ein schöner Zufall, daß Ihr Taschenkalender grad *gregorianisch* heißt, aber der Begriff ist mir zu langatmig. Wir lassen *Taschen* weg." So wurde also am 4. Oktober 1582 der Gregorianische Kalender eingeführt und angeordnet, daß in diesem Jahr auf den 4. sogleich der 15. Oktober folgen solle.

Was in Rom niemand ahnte, war, daß eben in der folgenden Nacht, der grotesken solchen vom 4. auf 15. Oktober in Avila die heilige Theresia vom Kinde Jesu starb, sodaß ihr jener üble Kraut-berger oder Monsolerus den eigentlichen Todestag stahl, also sogar zum Todestagdieb wurde. Der nur unter seinem Poeten-namen aus der Dichtergilde der Thaya-Schäfer so gut wie unbe-kannte Sprontius Rosaevicus hat dies zum Gegenstand seines Versdramas „Der Todestag-Dieb oder Die verfolgte, gefesselte, befreite, wider Erwarten neuerlich von Heyden gefangene und endlich gekrönte Haupt-Tugend" gemacht. –

Monsolerus soll sich über seinen fehlgeschlagenen Versuch, die katholische Kirche auszuhebeln, grün und blau, nach anderen Be-richten hellgelb und zartrosa geärgert haben. Er kehrte nach Sachsen zurück und gründete ein Unternehmen, das die linken bzw. rechten Schuhe Einbeiniger aufkaufte und an rechts bzw. links Einbeinige weiterverkaufte. Da der geschäftüchtige Monsolerus für das halbe Paar Schuhe nur ein Viertel des Wertes bezahlte, beim Verlauf aber den Preis für das volle Paar verlangte, wurde er reich, satt, faul und träge, so daß er wenigstens seine unqualifizierten Angriffe auf die katholische Kirche einstellte. Er starb an vergiftetem Schnupftabak, den ihm – angeblich – die Jesuiten verabreicht haben.

*

Man wird sich vielleicht fragen, wer es denn war, der (oder die?) Monsolerus zum Tagedieb ausgebildet hat, da es ja, wie berichtet, in der ganzen Weltgeschichte nur einen einzigen solchen, nämlich eben Monsolerus selber gab. Das ist sehr, sehr einfach zu erklären. Im Konzil von Chalzedon wurde der Tagediebstahl als zwar nicht

heilbringend aber als heilannähernd eingestuft. Daraufhin entwik-
kelte sich eine theologische Richtung, die sich Desiderianer nannten,
aber, um dem Verdacht der Häresie zu entgehen, vom Tagediebstahl
keinen Gebrauch machten. Der letzte dieser Desiderianer, ein Magister Benedikt Stiefelknecht, war dann eben jener, der das geheime
Wissen an Monsolerus weitergab. (Der bewußte Magister starb
übrigens aus Ärger darüber, daß ihn die kaiserliche Sanktion, den
nach ihm benannten Stiefelknecht in Stiefelleiblakai umzubenen-
nen, versagt wurde. Dies als Nebenbemerkung.)

XXV
Der Kippenberger

Der Rest dessen, was von der gerauchten Zigarette übrig bleibt, wird im süddeutschen Raum als *Stummel,* in Österreich als *Tschick,* in Norddeutschland aber als *Kippe* bezeichnet. Die zunehmende Domestizierung des bis vor Kurzem noch wild vorkommenden *Rauchers* hat es mit sich gebracht, daß die Gastwirte sorgfältig auf die absolute Kippenfreiheit ihrer Räume achten müssen. „Una ex his" steht auf der schönen Wanduhr des Schloßrestaurants Knopf in St. Murgel, was „In einer dieser ..." zu ergänzen „... Stunde" bedeutet. Nämlich: in einer dieser Stunden, du weißt nicht, in welcher, kommt der Rauchgreifer, und wehe! er findet einen Zigarettenstummel oder Tschick oder eine Kippe!

Der Schutzverband der Gastwirte hat also die Kippenberger beauftragt, flächendeckend die Gaststuben nach Kippen abzusuchen und diese zu bergen.

Die Kosten, die die Beschäftigung der Kippenberger verursachen, sind zwar hoch, aber angesichts der Strafen, die zu erwarten sind, angemessen. Man bedenke, daß auf bereits einmaliges Übertreten für den Raucher das gnadenlose Anhören aller Lieder des Howard Karpfenteichs steht, im Wiederholungsfall des Gesamtwerkes von Giacinto Scelsi, was in der Regel nicht überlebt wird. Für den fehlgetretenen Gastwirt ist nichts Geringeres als der zwangsweise Besuch der *documenta Kassel* angedroht, ersatzweise einer Ausstellung der Werke Mark Rothkos oder der gesammelten Thun-Engel.

Ein Problem nach Bergung der Kippen ist naturgemäß: wohin damit? Der eine oder andere Kippenberger häufte die gesammelten Kippen auf, bald auch Zigarettenschachteln, Präservative, alte Schuhe und dgl. und erzielte damit schöne Sammlungen, die dann von einem Kunstbischof, womöglich sogar Kunstpapst abgesegnet, verkauft werden konnten. Mit dem Gewinn ersetzte der Fiskus wenigstens zum Teil die entgangene Tabaksteuer.

er Beruf des Freiluftisten ist eng mit dem des Spazierensitzers verwandt, allerdings in dem Sinn, daß er dessen Gegenteil ist. Ein noch nicht approbierter Freiluftist wird Kniebeugel genannt, ein Meister des Berufs aber *Messner*, gelegentlich – das ist der veraltete Ausdruck – *Trenker*. Solche Freiluftisten-Meister kommen in freier Natur nur noch in unberührten Gegenden vor, gelten auch bereits als bedrohte Art. Wer aber die Art der *Messner* und *Trenker* bedroht, wurde noch nicht festgestellt, mag sein, die Wippdarre, der Zwetschgenröster oder der Dörrkohl.

Von Gesetzes wegen steht jedem Freiluftisten eine gewisse Anzahl Kubikmeter Luft zur Verfügung, die allerdings frei gehalten werden muß. Gebundene Luft verträgt der Freiluftist so wenig wie der normal veranlagte Mensch die sog. Norddeutsche Gebundene Soße, eine heimtückische Erfindung Rasputins, der damit die Chinesen ausrotten wollte. Infolge Wetterwechsels floß die Gebundene Soße damals aber unversehens nach Westen und verbreitete sich über das Deutsche Reich, das dann erst im Vertrag von Rapallo die Gefahr eindämmen konnte. Reste der Gebundenen Soße (wie auch der mit ihr verwandten Gebundenen Suppe) schwappen aber immer noch in manchen Speiskarten hin und her.

Nicht selten gehören die Freiluftisten auch dem vom hl. Bärwurz gegründeten Orden der Frugivescianer an, deren weniger strenge Observanz, die Semivegetarier, sich vom Vogelfutter ernähren, während die Unbeschuhten Frugivescianer strenger Observanz grasen.

Man kennt das Lied „Bald gras ich am Neckar, bald gras ich am Rhein ..." Wer im ICE auf der Strecke Frankfurt-Köln aufmerksam aus dem Fenster schaut, wird oft durch den Anblick solch friedlich im Abendsonnenschein grasender Frugivescianer beglückt, ein heiteres Bild, das freilich, wie so oft, trügt. Die Landwirte verfolgen die grasenden Frugivescianer, weil sie befürchten, dass für die Kühe nichts mehr übrig bleibt.

Ein anderes ist der stete Lebenskampf der Vögel gegen die Semivegetarianer um die Körner. Ein Roter Adler (Aquila Tir. Durnw.) trug, obwohl selber carnivorisch, offenbar aus Solidarität mit dem Gefieder an sich, am Medardustag des Jahres CCXXII (gerechnet nach dem französischen Revolutionskalender) einen besonders schönen *Messner* auf die Wurzelbrunft-Zinne der Rülpstaler Halbalpen, wo dieser erfror und nunmehr als sein eigenes Denkmal in der Sonne glänzt.

Könnte Wesen und Tätigkeit des *Sinnsuchers* besser dargestellt werden, als durch die nun folgenden Auszüge aus dem Tagebuch des Sinnsuchers Thorbald Kalbsknie aus Niederkäsingen am Kalten Grauen?

Freitag, der 12. Gefrühstückt. (Zwei weiche Eier, eins davon leider etwas zu hart, sowie Würzwurst mit Salat.) Frisch auf in den neuen Tag. Wo suche ich heute den Sinn? Die Koordinations-Stelle hat mir Bereich IV zugewiesen. Nicht uninteressant. Ich beginne also bei Frau Schlögl in der Aurikelstraße. Schon wieder falsch! Auf dem Zettel vom Amt steht: Haus Nummer 4, da wohnt aber eine Familie Sczelnkwickty. Herr S. sehr ungehalten. Kein Wunder, bei so einem Namen. (...)

Samstag, der 13. Gefrühstückt. (Ich glaube, es liegt an den Hühnern. Früher waren Eier in vier Minuten kernweich. Heute – ?! Bedrohlich hoher Blutdruck: 466 zu 199, fühle mich aber nicht unwohl.) Heute habe ich Bereich XXVI Sektor B, Frau Sauerfroh. Freundliche Person, läßt mich herein, ohne daß ich den Ausweis zeige. Herr Sauerfroh liegt in der Badewanne. Ich meinte im ersten Moment, er sei tot, war er aber nicht. Wäre sonst unangenehm gewesen. Verwicklungen. Denke an den schrecklichen Fall, als während meiner Sinnsuche bei dem pensionierten Generalmajor, ich kann mich an den Namen nicht mehr erinnern, sein Holzbein in Brand geriet. Hat nicht viel gefehlt, und man hätte es mir in die Schuhe geschoben. (...)

Sonntag, der 14. (Meßfehler. Blutdruck 140 zu 80. Leider kein Stuhlgang. Sonst in Ordnung. Die Eier – ich mag gar nicht mehr davon reden.) Bereich XXVI Sektor B/1. Einen Sauhaufen haben die in ihrer Wohnung. Dabei ist der Herr des Hauses Professor. Möchte nicht wissen, für welches Fach. Psychologe wahrscheinlich. So schaut er aus. Ich mußte körbeweise Schmutzwäsche beiseite räumen, um an den Schuhkasten zu kommen. Aber auch dort habe ich den Sinn nicht gefunden. Im Arbeitszimmer stand ein lebensgroßes Pferd, ausgestopft. Ich klopfte es ab, ließ es aufschlitzen, aber der Verdacht, daß sich der Sinn drin in der Holzwolle befindet, nicht erhärtet. Großes Geschrei seitens des Professors: er könne nicht wissenschaftlich denken, außer er sitzt auf dem Pferd. Jetzt muß es erst wieder neu gestopft und zugenäht werden, bevor er wieder denken kann. Ja, nun. Tut mir leid. Pflicht ist Pflicht. Wie er dann jetzt, schreit er, seinen Aufsatz über „Die Mehrfaltigkeit als charismatisches Denkmodell" bis morgen, da ist Ablieferungstermin, fertig kriegen soll?! Das ist ja wohl seine Sache. Hätte er früher mit der Arbeit anfangen sollen. (...)

Montag, der 15. (Immer noch kein Stuhlgang. Dafür starkes Brennen des linken Ohres. Was das schon wieder ist? Ist dafür der HNO oder der Orthopäde zuständig? Wenigstens das eine der beiden Eier kernweich.) Heute Außendienst. Büroräume der Int. Hegel-Versicherung. Ich nahm an, daß dieses Unternehmen gegen Schäden aus philosophischer Lektüre versichert. Ich habe mich aber verlesen. Es heißt Hagel-Versicherung. Interessante Sammlung von antiken Hagelkörnern. Der Sinn fand sich nicht darunter. (...)

Dienstag, der 16. (Endlich Stuhlgang. Von den Eiern, obwohl gleichzeitig ins Wasser, das eine viel zu weich, das andere viel zu hart. Ein physikalisches Rätsel.) Bereich II. Die Wohnung einer Frau Schauer. Ansprechende Person. Ihr Mann von Beruf, sage und schreibe: Blödmannsgehilfe. Sie rothaarig. Ein so dünnes Kleid. Manchmal hat der Dienst schon seine schönen Seiten. Sie kam (...) Wir, Gertrud – also Frau Schauer - und ich suchten dann gemeinsam, fanden den Sinn nicht, wohl aber zum Glück wieder meinen rechten

Schuh. Wäre schwierig daheim zu erklären gewesen, warum ich mit nur einem Schuh zurückkomme. (…)

Mittwoch, der 16. Großalarm schon vor dem Frühstück. An Eier nicht zu denken. Anruf von der Zentrale, Kollege Wüselke habe im U-Bahn-Depot den Sinn gefunden. Große Aufregung, nichts wie hin. War natürlich ein Irrtum. Was Wüselke gefunden hat, war nicht der Sinn, sondern der Hüftgürtel einer gewissen Frau Gernbier, Georgine, den sie in der U-Bahn verloren hatte. Größe 44 mindestens. Ich versuche mir auszumalen, wie das geschehen konnte, dass die Dicke ihren Hüftgürtel in der U-Bahn verliert. (…) So haben wir also auch heute den Sinn nicht gefunden. Wir werden wohl weiter suchen müssen. Ist d i e s der Sinn?

Michael Hamburger Folio Verlag

‚Einer der großen Lyriker Europas.' Die Zeit

‚Der Folio Verlag nimmt sich des Werks von Michael Hamburger auf rühmenswerte Weise an.' FAZ

Das Editionsprojekt
in der Übersetzung von Peter Waterhouse:

Die Erde in ihrem langen langsamen Traum. Gedicht
Fr. Broschur, 117 S., ISBN 978-3-85256-016-8

Traumgedichte
Fr. Broschur, 64 S., ISBN 978-3-85256-048-9

Baumgedichte
Fr. Broschur, 64 S., ISBN 978-3-85256-064-9

Todesgedichte
Fr. Broschur, 144 S., ISBN 978-3-85256-092-2

Das Überleben der Erde. Gedicht
Fr. Broschur, 106 S., ISBN 978-3-85256-119-6

In einer kalten Jahreszeit. Gedichte
Fr. Broschur, 58 S., ISBN 978-3-85256-154-7

Aus einem Tagebuch der Nicht-Ereignisse. Gedicht
Fr. Broschur, 64 S., ISBN 978-3-85256-270-4

Weitere Werke Michael Hamburgers:

Wahrheit und Poesie
Spannungen in der modernen Lyrik von Baudelaire bis zur Gegenwart
Fr. Broschur, 352 S., ISBN 978-3-85256-022-9

Pro Domo
Selbstauskünfte, Rückblicke und andere Prosa. Hgg. v. Iain Galbraith
Fr. Broschur, 213 S., ISBN 978-3-85256-344-2

Letzte Gedichte
Hg. und mit einem Nachwort von Iain Galbraith
Übersetzt v. Uwe Kolbe, Jan Wagner und Franz Wurm
Fr. Broschur, 180 S., ISBN 978-3-85256-477-7

Über Michael Hamburger:

Peter Waterhouse
Die Nicht-Anschauung
Versuche über die Dichtung von Michael Hamburger
Fr. Broschur, 178 S., mit Audio-CD, ISBN 978-3-85256-299-5

DVD:
Michael Hamburger – Ein englischer Dichter aus Deutschland
Ein Film von Frank Wierke
in Kooperation mit ZDF/3sat & Goethe Institut
72 min., Farbe, ISBN 978-3-85256-442-5

EVA ROSSMANN Folio Verlag

Die Mira-Valensky-Krimis

Wahlkampf
Gebunden mit Schutzumschlag, 252 S., ISBN 978-3-85256-332-9

„Der Krimi ‚Wahlkampf' liest sich spannend, amüsant und sinnlich." *ORF*

Ausgejodelt
Gebunden mit Schutzumschlag, 228 S., ISBN 978-3-85256-139-4

Freudsche Verbrechen
Gebunden mit Schutzumschlag, 283 S., ISBN 978-3-85256-163-9

Kaltes Fleisch
Gebunden mit Schutzumschlag, 283 S., ISBN 978-3-85256-220-9

Ausgekocht
Gebunden mit Schutzumschlag, 262 S., ISBN 978-3-85256-251-3

Karibik all inclusive
Gebunden mit Schutzumschlag, 247 S., ISBN 978-3-85256-283-4

„Ein wahrer Leckerbissen für eingefleischte Krimi-Gourmets." *Brigitte*

Wein & Tod
Gebunden mit Schutzumschlag, 385 S., ISBN 978-3-85256-311-4

„Rossmanns Krimis sind sehr heutig und lesen sich extrem süffig." *Profil*

Verschieden
Gebunden mit Schutzumschlag, 244 S., ISBN 978-3-85256-345-9

„Spannende Unterhaltung und eine strategisch eingesetzte Prise Gesellschafts-kritik ergeben eine bekömmliche Mischung." *Die Presse*

MillionenKochen
Gebunden mit Schutzumschlag, 262 S., ISBN 978-3-85256-378-7

„In *MillionenKochen* kommt Mira Valensky rezeptausdenkend, zwiebelhackend und champagnertrinkend einem Verbrecher in einer Fernsehshow auf die Spur. Macht durchaus Appetit." *Essen & Trinken*

„Ein genussreicher Krimi voller Schalk." *St. Galler Tagblatt*

Russen kommen
Gebunden mit Schutzumschlag, 277 S., ISBN 978-3-85256-444-9

Das Kochbuch zu den Krimis:

Mira kocht. Ein Mira-Valensky-Kochbuch
Gebunden mit Schutzumschlag, 189 S., ISBN 978-3-85256-358-9

„Das Kochbuch gehört zu den fundiertesten Rezeptsammlungen der vereinigten Schnüfflerlandschaft." *Profil*

FOLIO VERLAG

Sämtliche Bände 13,5 x 21 cm

Wolfgang Sebastian Baur   **Bd. LI**
Puschtra Mund Art. Gedichte sowie Nachdichtungen ausgewählter
Texte von H. C. Artmann, Rochl Korn, Itzik Manger u. a. in
Pustertaler Mundart
Gebunden mit Schutzumschlag, 128 S., ISBN 3-85256-252-X

Drago Jančar   **Bd. LII**
Der Galeot. Roman
Gebunden mit Schutzumschlag, 194 S., ISBN 3-85256-269-4

Michael Hamburger   **Bd. LIII**
Aus einem Tagebuch der Nicht-Ereignisse. Gedicht
Franz. Broschur. 142 S., ISBN 3-85256-270-8

Maria E. Brunner   **Bd. LIV**
Berge Meere Menschen. Roman
Gebunden mit Schutzumschlag, 168 S., ISBN 3-85256-271-6

Anita Pichler   **Bd. LV**
Haga Zussa. Die Zaunreiterin. Erzählung
Gebunden mit Schutzumschlag, 128 S., ISBN 3-85256-284-7

E. Y. Meyer   **Bd. LVI**
Der Ritt. Ein Gotthelf-Roman
Gebunden mit Schutzumschlag, 125 S., ISBN 3-85256-285-6

Johann Holzner/Elisabeth Walde (Hg.)   **Bd. LVII**
Brüche und Brücken. Kulturtransfer im Alpenraum von
der Steinzeit bis zur Gegenwart. Aufsätze, Essays
Franz. Broschur, 362 S., ISBN 3-85256-287-2

Bernhard Fetz/Klaralinda Ma/Wendelin Schmidt-Dengler (Hg.)   **Bd. LVIII**
Phantastik auf Abwegen. Fritz von Herzmanovsky-Orlando
im Kontext. Essays, Bilder, Hommagen
Franz. Broschur, 200 S., ISBN 3-85256-286-4

Andrej Blatnik   **Bd. LIX**
Der Tag, an dem Tito starb. Und andere Erzählungen
Gebunden mit Schutzumschlag, 129 S., ISBN 3-85256-298-8

Bora Ćosić   **Bd. LX**
Irenas Zimmer. Gedichte
Franz. Broschur, 127 S., ISBN 3-85256-307-0

Peter Waterhouse   **Bd. LXI**
Die Nicht-Anschauung
Versuche über die Dichtung von Michael Hamburger. Essays
Franz. Broschur, 171 S., ISBN 3-85256-299-6

Claus Gatterer   **Bd. LXII**
Schöne Welt, böse Leut. Kindheit in Südtirol
Gebunden mit Schutzumschlag, 421 S., ISBN 3-85256-300-3

FOLIO VERLAG

Sämtliche Bände 13,5 x 21 cm

Drago Jančar   Bd. LXIII
Luzias Augen. Erzählungen
Gebunden mit Schutzumschlag, 160 S., ISBN 3-85256-312-7

Vincenzo Consolo   Bd. LXIV
Retablo. Roman
Gebunden mit Schutzumschlag, 158 S., ISBN 3-85256-314-3

Luis Stefan Stecher   Bd. LXV
Annähernd fern. Variationen über Nähe und Ferne.
Aphorismen und Zeichnungen
Gebunden mit Schutzumschlag, 120 S., ISBN 3-85256-313-5

Maria E. Brunner   Bd. LXVI
Was wissen die Katzen von Pantelleria. Prosa
Gebunden mit Schutzumschlag, 121 S., ISBN 3-85256-330-5

Emilio Lussu   Bd. LXVII
Ein Jahr auf der Hochebene. Roman
Gebunden mit Schutzumschlag, 238 S., ISBN 3-85256-331-3

Arnulf Knafl (Hg.)   Bd. LXVIII
Mozarts Zauberkutsche. Neue literarische Nachschriften
Gebunden mit Schutzumschlag, 311 S., ISBN 3-85256-333-X

E. Y. Meyer   Bd. LXIX
Eine entfernte Ähnlichkeit. Eine Robert-Walser-Erzählung
Gebunden mit Schutzumschlag, 122 S., ISBN 3-85256-341-0

Iain Galbraith   Bd. LXX
Intime Weiten. XXV schottische Gedichte
Franz. Broschur, 126 S., ISBN 3-85256-346-1

Michael Hamburger   Bd. LXXII
Pro Domo. Selbstauskünfte, Rückblicke und andere Prosa
Franz. Broschur, 213 S., ISBN 3-85256-344-5

Giuseppe Zigaina   Bd. LXXIII
In die Lagune. Erzählungen
Gebunden mit Schutzumschlag, 169 S., ISBN 3-85256-347-X

Dmitri Prigow   Bd. LXXIV
Moskau-Japan und zurück
Gebunden mit Schutzumschlag, 271 S., ISBN 978-85256-360-2

Gerhard Ruiss/Oswald von Wolkenstein   Bd. LXXV
Und wenn ich nun noch länger schwieg'
Gebunden mit Schutzumschlag, 190 S., ISBN 978-3-85256-359-6

Emilio Lussu   Bd. LXXVI
Marsch auf Rom und Umgebung
Gebunden mit Schutzumschlag, 224 S., ISBN 978-3-85256-365-7

FOLIO VERLAG

Sämtliche Bände 13,5 x 21 cm

Josef Oberhollenzer   Bd. LXXVII
Großmuttermorgenland
Gebunden mit Schutzumschlag, 108 S., ISBN 978-3-85256-379-4

Anita Pichler   Bd. LXXVIII
Flatterlicht
Gebunden mit Schutzumschlag, 184 S., ISBN 978-3-85256-380-0

Drago Jančar   Bd. LXXIX
Katharina, der Pfau und der Jesuit
Gebunden mit Schutzumschlag, 472 S., ISBN 978-3-85256-374-9

Michel Deguy   Bd. LXXX
Gegebend. Gedichte
Franz. Broschur, 160 S., ISBN 978-3-85256-398-5

Bora Ćosić   Bd. LXXXI
Die Vogelklasse. Prosa
Gebunden mit Schutzumschlag, 96 S., ISBN 978-3-85256-399-2

Giuseppe Zigaina   Bd. LXXXII
Mein Vater, der Widder
Gebunden mit Schutzumschlag, 152 S., ISBN 978-3-85256-400-5

Ernst von Glasersfeld   Bd. LXXXIII
Unverbindliche Erinnerungen
Gebunden mit Schutzumschlag, 232 S., ISBN 978-3-85256-401-2

Lászlo Márton   Bd. LXXXIV
Das Versteck der Minerva. Roman
Gebunden mit Schutzumschlag, 234 S., ISBN 978-3-85256-445-6

Vincenzo Consolo   Bd. LXXXV
Palermo. Der Schmerz. Roman
Gebunden mit Schutzumschlag, 232 S., ISBN 978-3-85256-446-3

Gerhard Ruiss/Oswald von Wolkenstein   Bd. LXXXVII
Herz, dein Verlangen. Lieder, Nachdichtungen. Band II
Gebunden mit Schutzumschlag, 152 S., ISBN 978-3-85256-448-7

Maria E. Brunner   Bd. LXXXVIII
Indien. Ein Geruch
Gebunden mit Schutzumschlag, 88 S., ISBN 3-85256-474-6

Manfred Peters (Hg.)   Bd. XC
Seitensprünge. Literatur aus deutschsprachigen Minderheiten in Europa
Gebunden mit Schutzumschlag, 253 S., ISBN 3-85256-476-0

Michael Hamburger   Bd. XCI
Letzte Gedichte
Franz. Broschur, 180 S., ISBN 3-85256-477-7